# こころから



飯野正行詩集

ポエムピース

森の中を父さんと歩いていました
泥だらけのジュースの空き瓶が一本
ぼくはそれを拾って石の塔の上に置きました
山に登って虫取りをして
街の景色を眺めて帰って来ました
さっきの所に来た時

## なにかとってても大切なもの…

ぼくの足は動かなくなりました
あのジュースの空き瓶に
一本の草花が生けてあったのです
なぜだか胸がいっぱいになりました
カメラのピントがガリっと合ったように
その光景にぼくはとらえられました
なにかとってても大切なものに思えて
ぼくは心がふるえました…

# こころから

目次

## Ⅰ 父と

## II 働く

## Ⅲ 愛

# こころから

# Ⅰ　父と

# 山に入るか

茶色い瞳の小柄な男
難しそうなたくさんの書物を背に
インスタント・コーヒーを啜る
「山に入るか」
妻が亡くなり末の息子と二人になった彼の
新しい出発
「いいけど何処さ」
「当別のほうなんだ」

どうやら長い距離を歩くことになるらしい
でも二人はさほど気にしていないない
しばらくは湧き水の生活
ひと冬は電気もない
蝋燭やランプで過ごすらしい
まるで仙人
ほんとにやる気らしい
街の中で快適な生活をしていたのに
自然の中に入ると言う
なに考えてるんだか…

# プレハブのお城

駅を出ると真っすぐな道
遥か向こうに丘が見える
そこに向かってひたすら歩く
大きな道路を渡って少し行くと
左手に墓地があって坂になっている
額に汗して登りきると
やわらかな風と石狩川の河口の

祝福を受ける
ゴルフ場の音を聞きながら進み
風の強いところを抜けると緑が深まり
植林を右に曲がると
粗末なプレハブの家が見えてくる
ここが父子のお城
誰もいないのに
ただいまと言って中に入る…

# いろいろなことを

父子が歩く
片道六キロ
父は札幌の役所
青年は高校へ通う
太美駅まで一時間
帰りは一時間十分
時間の無駄と言われるが
彼らには宝物

森の冷気を吸い
小鳥の囀りを聴き
そよ風に癒され
海の煌めきを眺め
いろいろなことを考えることができる…

# カチューシャ

長い距離を歩く
二人で歩く
気温も景色も変わる
たまに車に乗せてもらうことがある
歩いて行きたい思いもあるけどね
運がいいとカチューシャに逢える…

# 開墾

笹を刈る
木を切る
根を掘り起こす
玉の汗が滴り落ちる
一か所に集める
聖なる労働が終わる
工具類はその場に置いて行く
石狩川の河口の煌めき

やわらかな風
父子は太美の駅へ歩いて行った…

# 森の息吹

夏休み
雨上がりの道
森の息吹に
身をかがめる…

# 吹雪の中を歩く

吹雪の中を歩く
腰までつかりながら
手もとも良く見えない
少しずれると胸まで埋まる
灯りを頼りに
電柱から電柱へと歩く
灯りが見えない時は見えるまで待つ
電線は叫び

雪の塊りが幾つも横切る
鼻がひん曲がるほど冷たい
家に着き
眉毛やまつ毛にぶら下がるつららに
父子して笑う…

# 星空を眺めながら

天気の良い
冬の日
星空を眺めながら家を出
星空を眺めながら家に帰る…

# 静かな始まり

皆は帰ったらしい
ぶら下がるランプと数本の蝋燭
車の音も街の音も何も聞こえない
何かがどこかで飛び立った
青年は何かを読み始めた
四本の蝋燭の灯で
父はゆっくりと煙草の息を吐いている
部屋は蝋燭の煤で少し煙たい

高岡の生活が始まり
明日から歩く毎日
灯に照らされる二人の陰が
ユーモラスに壁で踊る…

# 父さんのことば

まさ君
木の芽はネ
冬のうちから
膨らんでいるんだよ…

# 湧き水

沢は
イタドリやヤチブキの黄色い花でいっぱい
そこをポリタンクを持って降りて行く
深い緑の下の湧き水
大きなポリバケツに溜まる
柄杓で掬いポリタンクに満たす
ガサガサっ！
驚いて振り向く

蛇が何食わぬ顔で何処かへ行ってしまった
重いタンクを持ってまた急な坂を登る
湿地帯なので滑る
いのちの水を得るために
玉の汗をかく
上に出ると青い空に芳《ほう》の葉が揺れ
高岡の柔らかな風が
青年の頬をすり抜ける…

# II 働く

# 会社に着くとまず

会社に着くとまず台帳を出す
およその地域を心して
何軒かに電話を入れる
あとは直接だ
配置薬は使った分の代金をもらう
使いそうなものを多めに入れておく
開拓はとても苦手
営業に向いていない

うちの宗教を信じたら置いてやってもいい
てなことを言われたがお断りした
少しでも多く回ろうと思うこともある
社長の目や家族のことを考えてだ
なんか落ち込む
だけど毎日車で走るおかげで
道をいろいろ覚えた
家族での移動時に少しかっこいい…

# 警備のお兄ちゃん

老人ホームの警備
決められた時間に館内を回る
廊下や部屋から冗談が飛び交う
話し相手になったり
ベッドから落ちた人を助けることもある
亡くなった方を和室に運ぶこともあるが
この日の夜の見回りはちと怖い
仮眠の時間はある

職員には難しい人もいれば
おっとりしたおばさんもいる
顎が外れたと事務室に飛び込んできた老人がいた
朝すべてを報告する
眩しい朝日の中
いつものアパートに帰る…

# 今日だけの贅沢

初めての仕事
階段の掃除
非常階段なので土埃が溜まっている
ブラシのようなモップでそれを掃く
塵取りで掬い袋に入れる
丁寧にしているつもりなのに埃が舞い上がる
目が痛む咳が出る少し休む
ガラス張りなので外が見える

ということはこっちも見られている
市役所やテレビ塔が見え丸井さんも見える
たくさんの車が走り
バス停は学生たちでいっぱいだ
やっと下まで降りて来た
袋は土埃でずっしりと重い
少し汗ばんだ
そうだ今日は十個入りのお寿司を一つだけ買おう
自分へのご褒美
今日だけの贅沢だ…

# 今日なに食うかなぁ

美装会社
若いからか三つの現場に行く
月火が掃除、水木が駐車場、金土が老人ホーム
今日は駐車場の係員
行先を聞いてキップを渡したり
停める場所を指示したりする
台数が少ない時はのんびり出来る時もあるが
興行会社が来る時などは怖い思いもする

今日なに食うかなぁ…

これは相方のおじさんの口癖だ…

# 職場に若い娘が

＊

職場に若い娘がやって来た
男ばかりの仕事場で
一生懸命に働く
笑い声は活力を与え
靴を履き替えるとき男たちの心を奪う
暗い休憩室のただ一つの灯り

車で出勤して来た私を見つけ
輝いて手を振る…

*

娘はいつも信号を送ってくる
どんな意味かはわからない
指を私に当ててピッと言う
下のほうで私の足を蹴飛ばす
わざとぶつかって歩く
下からこちらを覗きこむ…

＊

娘はヘルメットを取ってくれる
現場までの三十秒間のデート
一服が近づくと必ず迎えに来る
紋・系図・歴史・天使の名前
これらの話になるとエキサイトする
ぽっちゃりしていて
とても優しい
忙しくて話せなかった日には

輝いて缶コーヒーを持って来る…

＊

娘が職場をやめた
人員削減
休憩室の暗さに押し潰される
一服になっても誰も来ない
笑い声がしない
隣りで書物を開く人がいない
写真を見せてくれる人がいない

手を振ってくれる人がいない
土場を共に歩いてくれる人がいない
髪を上げてピアスを見せてくれる人がいない
指を私に当ててピッと言ってくれる人がいない…

# 深い緑が雲のように

深い緑が雲のように覆い
清らかな水が葉から葉へと落ちる
昨夜の雨のせいか森の息吹が息苦しい
苔の生えた濡れた石のところで
羽虫たちが忙しそうにしている
ここを掘るんだと親方の声
なかなかスコップが入らない
深くなるほど土を出しにくい

滴り落ちる汗の後ろで
この辺りから掘らなきゃ駄目よと先輩の声
すそ野を広げるのよ！
地面を掘り終え電柱は建ち土を埋める
重機でさらに固める
お昼になり男は丘の上で弁当を食べる
玉のような汗に高原の風が心地よい
男は何か物思いにふけっているようだった
おお、始めるぞ！
男はひとりつぶやいた
よし、やるか…

# 真夜中のフットワーク

おはようと夜の挨拶
事務所で持ち場が告げられる
工場の真ん中にベルトコンベアー
両側にたくさんの食品
奥の小さな穴から箱が流れ
その中の紙に品物と数が打ってある
種類と数を一瞬で読む
どんどん箱ごと乗せて行く

工場の出口に車が待機
班長が確認
数が違うと脂汗をかきながら走る
「フットワーク、フットワーク」
年下の先輩たちから笑われる
これが永遠に続く
夜の九時半から朝六時二十分まで
仕事中はラジオが鳴っている
歩いてアパートに帰る
何かを食べて眠ることもあれば
食べないで眠ってしまうこともある
明るいので眠りは浅い…

# 世界のクリーニング

今日も染み抜きから始まる
二種類の液体
染みや衣服の種類に合わせる
それをつけて
たわしのようなものでポンポンする
貧しさを抱えた青年といつも一緒
午後は車で営業
曜日によって各家庭やホテルを回る

お昼はおばちゃんたちといつも一緒
テレビのチャンネルもいつも一緒
世界にもクリーニングが必要かもね…

# 朝の黙想

—春—

今日もあそこで作業着に着替えるだろう
小屋の間を通って砂山の所へ行くだろう
剣先スコップで振い機に砂を入れるだろう
振われた砂が軽トラに落ちるだろう
スコップと砂の間に汗が落ちるだろう
炭素とピートを加えてかき混ぜるだろう

あの現場までその目土を運ぶだろう
グリーンの薄い所に均等に蒔くだろう
会社に帰ってまた目土を作るだろう
それを何度も繰り返すだろう
そして何度も時計を見るだろう
夕方になったら現場の人たちを迎えに行くだろう
こんな時期がいつまで続くのか
明日も早くからここに来ることを思い
押しつぶされそうに愛車のドアを閉めるだろう…

―夏―

高く盛られたピートを見ながら
今日もあのスイッチを入れるだろう
乾いたピートを蒔き散らしながら
すべての機械が動き始めるだろう
足もとにピートの袋が投げられるだろう
それを踏むだろう
パレットに二十五袋になったら
リフトで向かいの小屋まで運ぶだろう
時々崩れて積み直すだろう
大きな車が横付けにされているだろう

一五〇〇袋を今日も積み上げるだろう
胸が苦しいだろう
汗まみれになるだろう
休憩時間がずれるだろう
重機や溶接の音がしているだろう
あぶに何度も悩まされるだろう
よし一時間切ったと思うだろう…

―秋―

昨日のうちに道具は積んでおいたので
すぐに出発するだろう

今日もあの老人と一緒だ
カッターとへらと木槌を使って
綺麗にパテを取るだろう
静かにガラスを外すだろう
割らないで外せたら誇らしく思うだろう
一服になったら飲み物を買いに行くだろう
歩きながらいろいろ想うだろう
自転車で女子学生が通り過ぎるだろう
ドリルでコンクリートを砕くだろう
骨組みをユニックでつるだろう
絶妙な指示でそれを積み上げるだろう

現場が遠いので早めに切り上げるだろう
老人は車の中で今日もいろいろな話をするだろう
私はきっとうなづくことしかしないだろう…

―冬―

猛吹雪の中を走る
今日は少し遅れるだろう
あの犬は小屋の中で縮こまっているだろう
男たちがストーブを囲んで暖まっているだろう
今日も一人でモクを並べるだろう
氷でモクが滑るだろう

鼻の奥が痛むだろう
鼻水はいっぱい溜まってからかむだろう
指先が冷たくてティッシュがなかなか広げられないだろう
鼻水をかんだら指先が温かいだろう
あと一時間と思うだろう
鼻水が唇にたれているだろう
あまりの冷たさに顔は歪むだろう
仕事が終わると車中に身を投げるだろう
猛吹雪の中を走りながら
心淋しくあの曲を聴くだろう
そしていろいろなことを想い出すだろう…

# Ⅲ
# 愛

# Capricio romantico

仕事が終わり
ネクタイを緩めて
私はまたここにすわる
何処までも散りばめられた宝石
静かに大人の時が流れる
どこかで笑い声が突き通るが
すぐに静寂が訪れる

ペンをとめて
私は一つため息をつく
切なくも満たされた
瑠璃色の街灯りに霞む
雪よりも白い残り香…

# 誕生プレゼント

君は言った
友だちがほしいの
ポケットの中にそれは無かったけど
ぼくはそれになりたいと思った…

# それは秋でした

青年は
地獄を通って来た男たちと
寝食を共にしていました
少し離れたお祈りの場に
ひとりの娘が現れました
静かに座り
涙を流しました

それは秋でした
洗いざらしの白い洋服でした
青年の心の中に
なにかが
ためらいがちに歩き始めました…

# 大切なこと

大切なこと
ぬるま湯で顔を洗えること
大切なこと
髭剃りがちゃんと充電されていること
大切なこと
朝食前に珈琲メーカーがくつくつ言っていること
大切なこと

午前中にもう一杯濃いめの珈琲が飲めること
大切なこと
箱ティッシュの上にものが置かれていないこと
大切なこと
ふたやドアをきちんと閉めること
大切なこと
紙と鉛筆があること
大切なこと
あの清澄な水に渇きを覚えること
大切なこと
優しく悲しいこと

大切なこと
静けさがあること
大切なこと
君のくしゃみに目をまるくすること…

# どうしてかな

どうしてかな
大切なことを語ろうとするとき
ぼくはいつも
泣きそうになる…

# こころから

こころから
この言葉を聴いただけで
ぼくは泣きそうになる
こころから…

# 父の家は

一.

父の家は平和な森の中にある
黒い門柱から入ると
大きな二本の芳の木が
長い葉を揺らしながら
やさしく迎え入れてくれる
沢はヤチブキの花でいっぱい

柔らかな風が頬をすり抜ける
父の道は曲がりくねっていて
小石や落ち葉でいっぱい
枯れ葉を踏みしめる音が
優しく心を癒す…

二.

小さな古い家
風雪のうちに生きる静かな家
中は全体が煤けている

染みだらけの壁に盛り上がった床
灯りを点けても部屋は薄暗い
でもここは父のお城
自らの力で築きあげた
誰のものでもない
自分だけの天国

三.

ストーブの近くの小さなパイプ椅子
ここは父の指定席

朝起きてまずここに座る
昨夜から並べておいた二本の煙草を
ゆっくりと味わう
その次は濃いめのインスタント・コーヒー
スプーンが立つほど砂糖を入れる
これは父だけに定められた聖務日課
足もとの綿ゴミもそんなに気にならない
大きく窓を開けて
向こうの沢をゆっくりと眺める…

## 四．

父は一人暮らし
一日を自由に使う
何時に起きようが　何を食べようが
何をしようが　全くの自由
でもそのほとんどを外で過ごす
樹を植え替えたり
散策道を造ったり
手製の鉄棒で体力づくりをしたりする
冬の除雪は芸術的
誰にも真似できない

難しそうな書物がずらりと並び
テーブルの上にある紙の切れ端には
いつも何かが走り書きしてある…

## 五.

踏みしめる枯葉の音がとまる
ここにはもう誰も住んではいない
木漏れ日に背を押されながら
裏のほうに行ってみる
すべては父が生きていた時のままだ

切られた枝が山のように積まれ
いろいろな道具がきちんと並んでいる
丸太のベンチが陽を浴びて暖かい
手作りの鉄棒がユーモラスにぶら下がり
暖かな土の上では
蟻が忙しそうに何かを運んでいる
水色の空に芳の葉が揺れ
遠くのほうで山鳩が飛び立つ
たんぽぽの綿毛が
静かに目の前を横切る…

——亡き父、飯野寿吉に捧ぐ——

飯野正行（いいの・まさゆき）

詩人、日本聖公会司祭

1957年（昭和32年）4月17日札幌生まれ。小学6年生のときに母を亡くし、高校2年のときに父と2人で引越した当別町字高岡での経験が詩的感性に大きな影響を与えた。同時期にキリスト教の洗礼を受ける。

高校卒業後、多くの職に就いた。この頃の経験や高岡での暮らしを題材に、後に数十篇の詩が生まれた。

神学校は北海道聖書学院卒業。京都ウイリアムズ神学館修了。

東日本大震災の時には被災地支援活動に従事。

6年間の里親生活を経て、2012年（平成24年）網走市潮見に『ファミリーホームのあ』を開設。夫人が代表者となり幼な子たちと生活を共にしている。

釜石神愛幼児学園園歌『釜石の天使』作詞者。

本書は第1詩集である。

# こころから

飯野正行詩集《いいのまさゆきししゅう》

2016年 9月20日　初版第一刷

著　者　飯《いい》野《の》正行《まさゆき》
発行人　金子南雄
発　行　ポエムピース
東京都杉並区高円寺南4-26-5 YSビル3F
〒166-0003
TEL03-5913-9172　FAX03-5913-8011
編　集　マツザキヨシユキ
装　幀　堀川さゆり
印刷・製本　株式会社上野印刷所

落丁・乱丁本は弊社宛にお送りください。送料弊社負担でお取り替えいたします。

ISBN978-4-908827-03-7 C0095

雨

音もなく

呼ばれたのかなって

息をのむ…